" *Petite Collection Vitryate*

E. JOVY

Correspondant du Ministère de l'Instruction publique

CHASSEURS D'AUTREFOIS

A SAINT-REMY-EN-BOUZEMONT, LARZICOURT ET ARRIGNY.

A TRAVERS QUELQUES DOSSIERS

DES ARCHIVES DÉPARTEMENTALES

de la Marne.

PRIX : 1 FR.

VITRY-LE-FRANÇOIS

Vᵉ TAVERNIER & FILS, ÉDITEURS

12, Rue de Vaux, 12.

MDCCCXCV

CHASSEURS D'AUTREFOIS

E. JOVY
Correspondant du Ministère de l'Instruction publique

CHASSEURS D'AUTREFOIS
A SAINT-REMY-EN-BOUZEMONT,
LARZICOURT ET ARRIGNY,

A TRAVERS QUELQUES DOSSIERS

DES ARCHIVES DÉPARTEMENTALES
de la Marne.

PRIX : 1 FR.

VITRY-LE-FRANÇOIS

Vᵉ TAVERNIER & FILS, ÉDITEURS

12, Rue de Vaux, 12

MDCCCXCV

A

MADAME LA DUCHESSE D'UZÈS

HOMMAGE TRÈS HUMBLE

DE CES SOUVENIRS DE VÉNERIE CHAMPENOISE.

E. J.

CHASSEURS D'AUTREFOIS

à Saint Remy-en-Bouzemont, Larzicourt

et Arrigny

Aux archives départementales de la
Marne on conserve, comme on sait
de nombreux papiers et documents qui
proviennent des familles d'émigrés. Parmi ces dossiers se trouve celui des Deu
de Marson, branche d'une famille châ-
lonnaise, qui avait été annoblie le 8
novembre 1725. (1)

Ces papiers des Deu de Marson sont
à coup sûr sans grande importance
et pourtant ils ne laissent pas d'offrir
quelque intérêt (2).

(1) Cf. Pélicier, *Inventaire sommaire des
Archives départementales de la Marne an-
térieures à 1790*, t. II, p. 273.

(2) « DEU, famille annoblie le 8 novembre 1725.
Branches de Marson, le Mesnil, Hurlus, Perthes

On y rencontre, par exemple, une liasse de lettres écrites par un M. Deu de Montigny, neveu de M. Deu de Marson. M. Deu de Montigny, né à Chavanges en 1771, était élève à l'Ecole militaire de Brienne, — un élève d'une complète nullité que ses maîtres notaient avec une sévérité impitoyable. La pédagogie d'alors ne connaissait pas nos doctrines sentimentales et attendries sur l'éducation. Voici un bulletin semestriel de ce pauvre disciple des Minimes de Brienne :

ÉCOLE ROYALE MILITAIRE DE BRIENNE

Notes des mois d'octobre, novembre, décembre 1788 ; janvier, février et mars 1789

M. DEU DE MONTIGNY (Louis-Joseph)

NÉ LE 19 FÉVRIER 1771

Jour de sa réception : 14 Septembre 1781

Constitution : *bonne* ;
Caractère : *bon, mais indolent* ;
Santé : *parfaite* ;
Conduite : *sage* ;

(seule subsistante). Onze officiers, cinq chevaliers de Saint-Louis. Armes d'argent à l'arbre de sinople, au chef d'argent, chargé de trois merlettes de sable. » (E. de Barthélemy, *Histoire de la ville de Châlons-sur-Marne*, Châlons, 1888, p. 450-451) — Il ne faut pas confondre cette famille avec la famille Deu de Vieux-Dampierre, d'une origine plus ancienne.

Religion : *il en pratique les exercices* ;
Écriture : *0* ; Lecture : *0* ;
Langue latine : *ni bonne volonté, ni goût, ni disposition ; rien* ;
Langue française : *très médiocre* ;
Langue anglaise : *il ne l'apprécie pas* ;
Langue allemande : *peu de chose* ;
Histoire : *n'étudie pas* ;
Géographie : *faible* ;
Mathématiques: *arithmétique, presque rien, il ne veut pas s'appliquer* ;
Dessin ; *commence un peu à réussir* ;
Musique : *0* ;
Escrime : *en fait d'armes, commence à faire passablement* ;
Danse : *peu de chose* :
Classe dans laquelle M. se trouve : *Troisième.*

BERTON, Principal.

Et voici de quelle manière on écrivait de Brienne à M. Deu de Marson :

M. Deu de Marson, le 26 février 1789.

Monsieur,

Au défaut du Principal qui ne peut avoir l'honneur de répondre à votre lettre, j'ai celui de vous mander que M^r votre neveu a paru enchanté de l'épître que vous lui avez adressée, au point qu'il est venu avec enthousiasme nous la communiquer en sollicitant le certificat que vous lui demandez. Mais comment, Monsieur, lui en accorder un ? Le jeune homme pour lequel vous daignez vous intéresser n'a nul talent et fait désespérer de pouvoir jamais en acquérir.

S'il ne faut que du physique et de la bonne conduite pour faire réussir vos tentatives en sa faveur, vous pouvez hardiment travailler à lui faire obtenir une place. Sa taille pour ainsi dire gigantesque et ses mœurs vous promettent le succès et vos démarches, j'aime à me le persuader, ne seront nullement infructueuses. Cependant avant de rien entreprendre pour M. Deu de Montigny, je vous préviendrai qu'il y a un article du règlement pour les Écoles militaires par lequel il est spécifié qu'un élève tout à fait dépourvu de talents, ne pouvant obtenir une place sera renvoyé à ses parents. Si nous pouvions, Monsieur, être de quelque utilité à M^r votre neveu, nous nous y prêterions avec plaisir, trop heureux de travailler au bonheur des jeunes gens qui nous sont confiés et de donner à leurs parents des preuves non équivoques du dévouement tout particulier avec lequel j'ai l'honneur d'être, Monsieur, votre très humble et très obéissant serviteur.

BERTON,

Sous-Principal de l'Ecole de Brienne.

Cette lettre du sous-principal était survenue à la suite de démarches faites par M. Deu de Montigny auprès de son oncle, M. Deu de Marson, pour sortir de cette école où il était si mal noté. Quelques-unes des missives de ce jeune homme expriment avec une sincérité d'accent vraiment comique, et non sans une orthographe fort indisciplinée, toutes les colères qu'il éprouvait contre cette maudite maison où vers 1789-1790 il était l'élève et le plus âgé et le plus arriéré :

6 mars 1790.

Mon cher oncle et ma chère tante,

Je vous ait écrit une dernière lettre pour vous prier de me placer au plutôt et vous m'avez répondut que dans ce moment on ne pouvait répondre de rien et que je pouvoit me croire bien heureux d'être au collège, mais moi, je pense autrement que vous et je demande seullement que, si on ne peut me placer pour le mois de mars, vous tâchiez de m'avoir une place de lieutenant ou de sous-lieutenant dans la milice soldée de Châlons ou de Vitry, car je vous avoue que j'aimerai mieux tiré la charrue que de rester encore six mois... Je touche à ma vingtième année et tout ce que je demande est de sortire de ce diable de collège ou je fais tant de mauvais sanc... •

Brienne, le 15 mars 1790.

Mon cher oncle et ma chère tante,

L'attachement que vous m'avez témoignée me donne la plus grande confiance et en ce

cas je vais vous communiquer mes peines.
Vous n'ignorez pas que je n'ai pas travaillée
comme je l'aurais dus ; vous n'ygnorez pas
non plus qu'à mon âge et à ma taille, je ne
peut rester davantage dans cet écolle ;
vous n'ignorez pas enfin que dans ces cir-
constance, il est inutille d'attendre des
places ; en conséquence.... je vous prie
en grâce de demander à la cour ma sortie
de cette maison. Il peut m'arriver quelque
mauvaise affaires avec mes maîtres, parce
que l'ennuie peut faire faire des fautes et
vous aprenderiez avec douleur que j'aie été
forcé de prendre la fuite. Ce serait sans
doute la honte de ma vie et je serai plus
malheureux que jamais. Veuilliez agire en
conséquence. Je serai plutôt soldat jusqu'à
ce que vous me trouviez un débouché pour
m'avancer. Croiez qu'avec de la conduite
je me ferai assez aimer et que j'intéresserai
quelqu'un à mon sort.. . »

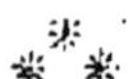

Brienne, 12 septembre.

Je sens bien que les lettres que je vous
écrit doivent vous importuner, mais vous
pensé bien qun jeune homme qui est encore
au collège à l'age de 20 [ans] ne demande
rien autre chose que sa sortie.... »

A ces lettres de ce malheureux écolier
de Brienne, que ses professeurs jugeaient
avec si peu d'indulgence, tout en recon

naissant qu'il était « sage » et de bonnes
mœurs, de ce jeune homme qui appré-
ciait si bien lui-même son étroite capa-
cité et pourtant voulait être soldat, se
rattache un souvenir touchant, un souvenir tragique que je me permettrai de
rappeler ici.

Ce jeune homme devait être emmené
malgré lui par sa famille en émigration.
Il fut empêché par la maladie de rentrer
à temps. Il rentra cependant et servit la
France pendant trois ans. On le recon-
nut comme émigré. En 1796 on le jeta
à Reims dans la prison de Bonne-Se-
maine où il se trouva dans la compagnie
de M. l'abbé Musart dont M. l'abbé Puiseux a tout dernièrement écrit la très
intéressante biographie, et d'un autre
ecclésiastique qui devait servir avec
ardeur la Compagnie de Jésus, le Père
Loriquet. M. Deu de Montigny que par
erreur M. l'abbé Puiseux appelle d'Eu-
Montigny (1), fut condamné à mort.
Quand il eut entendu la sentence qui le
condamnait, il s'abandonna à un violent
désespoir. Il s'indigna sans doute, ce
jeune homme de 23 ans, contre cette

_____

(1) M. Puiseux le fait aussi naître à tort en
1773.

douloureuse destinée qui avait été la
sienne, qui l'avait fait passer des aban-
dons de l'orphelinat aux ennuis scolas-
tiques et des dégoûts des études à l'échafaud. M. Musart et le P. Loriquet, après
le premier moment d'exaspération passé, s'efforcèrent de le calmer et de
le ramener à une résignation plus chré-
tienne. Ils y parvinrent. M. Deu de
Montigny accepta courageusement la
mort. Et celui dont les archives de Châlons conservent ces lettres si pauvres
d'orthographe et de style, et inconnues
jusqu'ici, sut, au dire du P. Loriquet.
écrire à sa sœur ces paroles si dignes :
« Au moment où vous recevrez cette
lettre. votre frère n'existera plus. Il
était aussi facile au commisssaire du
Directoire Thurjot, de me soustraire à la
mort qu'il lui a été facile de me faire
condamner ; mais je lui pardonne de
tout mon cœur ainsi qu'à tous ceux qui
se sont faits les exécuteurs de ses ordres.
J'ai tout oublié par esprit de religion.
Je vous prie de faire de même et de ne
conserver aucun ressentiment. » Le 4
mars 1796, il marcha à la mort d'un pas
ferme, après avoir obtenu de ne pas
monter dans la charrette commune. Le

jeune soldat, victime bien innocente de nos discordes civiles, monta á l'échafaud avec la même intrépidité et mérita que l'un des compagnons de sa captivité écrive de lui qu'il était mort « avec le courage d'un héros.(1) »

Dans ces dossiers on rencontre aussi une autre correspondance fort instructive. C'est celle qu'adressait á ses parents Mlle Geneviéve de Marson qu'on avait mise en pension dans un couvent de Metz. Elle nous montre avec cette lumière pénétrante que les documents font passer dans l'esprit, l'éducation telle qu'on la concevait au XVIIIe siècle, ces rapports toujours tendus et guindés entre les parents et les enfants, — d'une part les parents qui ne connaissent point ces douceurs familiéres qui suggèrent á l'enfant une tendresse confiante, qui gardent une physionomie sévère et grondeuse et croient de leur rôle et de leur devoir de conserver avec l'enfant la dignité d'une sorte d'indifférence, — de

(1) J. Puiseux, *Vie de M. Musart, curé de Somme-Vesle*, mort pour la foi à Reims, le 11 mars 1796, Châlons-sur-Marne, 1891, p. 103. Voy. aussi le P. Loriquet, *Vie de M. Musart*, 3e édition, Paris, 1845, p. 92 et [le baron Henrion], *Vie du Père Loriquet*, Paris, 1845, p. 26.

l'autre ces enfants qui voient dans leurs parents l'image d'un pouvoir presque redoutable, d'une autorité qu'ils craignent d'approcher et qui ont pour eux plus de peur que de respect. Voici l'une de ces lettres où pour paraître bien sage. elle inflige à ses parents nombre de sentences morales :

Metz, ce 18 mars 1784.

Mon cher petit papa
et ma chère petite maman,

Quelle joie n'ai-je pas de vous écrire pour vous annoncer une nouvelle aussi agréable pour moi; *peut-être y prendrai-vous part*, ce dont je ne doute nullement, quel bonheur pour moi d'être admise au nombre de ceux qui vont faire leur première communion, terme auquel j'aspire et qui arrive le 29 mars. Je demanderai à Dieu dans mes prières qu'il bénisse et prolonge vos jours, afin que vous puissiez me continuer vos charitables soins et m'aider de vos avis salutaires, car c'est [de *l'année* de] la première communion que dépendent les autres, car tel chemin que l'on suit dans sa jeunesse, tel chemin on suit dans sa vieillesse. Je me recommande à vos prières et accordez-moi, s'il vous plaît, votre S^{te} bénédiction. J'espère que vous voudrez bien me pardonnez toutes mes petites fautes enfantines dont je me corrigerez, à mesure que j'avancerai en âge, vû que je vais changer d'habit et me dépouiller de celui d'enfant pour me revêtir de celui de la raison.

J'ai l'honneur d'être avec le respect le plus profond, mon cher petit papa et ma chère petite maman,

Votre très humble et très obéissante servante,

Geneviève Deu de Marson.

Bien des amitiés, je vous prie, à mon frère et ma sœur que j'embrasse de tout mon cœur, bien des respect à ma tante.

Les lettres de Geneviéve de Marson sont d'une grande écriture appliquée ; mais si bien qu'elle s'applique, on lui fait des reproches. Elle a beau employer le style le plus tendre, les formules les plus caressantes, les expressions les plus câlinantes : il arrive que ses parents oublient parfois de lui répondre. A côté des lettres de Geneviéve sont les billets de la femme de chambre qui l'avait suivie à Metz, très curieux pour qui voudrait étudier l' « art de la femme » dans ses évolutions, la toilette et ses variations, et ce point tout particulier d'une étude comparée de la toilette chez les jeunes filles. On était fort exigeant au XVIIIe siècle pour la toilette des jeunes filles; on les voulait « gracieusées » selon le mot des Goncourt (1), au goût du siècle et c'est avec une véritable insistance que « Mademoiselle Antonie », — c'est le nom de la femme de chambre.— écrit au château paternel pour obtenir l'argent nécessaire à tel ou tel habillement, à telle ou telle dépense de coquetterie.

A côté de ces correspondances se trouve une liasse de piéces et de lettres relatives à la chasse et c'est d'elles qu'avec le titre de ce travail je me suis surtout engagé à parler. J'ai vraiment l'air de l'oublier. C'est que la chasse aux documents a ses entraînements comme la poursuite du gibier : ce sont ces entraînements involontaires qui sont l'excuse de ce préambule un peu nomade.

On sait combien la chasse était estimée au Moyen-Age. Elle fit les délices de nos péres qui la considéraient comme une école de guerre et une manière d'apprentissage militaire. C'était, aprés

(1) Cf, Edmond et Jules de Goncourt, *La Femme au XVIIIe siècle*, Paris, Charpentier, in-12, chap. I, 1-22.

la guerre, leur passion, leur vie et, quand
les chevaliers n'allaient pas « querre
honor en estrange contrée », ils poursuivaient le sanglier dans les forêts. A
tous les barons du Moyen-Age on aurait
pu appliquer, sans vouloir en rien dimi-
nuer la foi naïve qui les animait, ce que
Lambert d'Ardres racontait de Beau-
douin II, comte de Guignes, à la fin du
XIIe siècle : « Il écoute plus volontiers
le cor du chasseur que la cloche de
l'église et il applaudit davantage au vol
tournoyant du faucon qu'aux sermons
du prêtre. »

Cet amour de la chasse s'était naturel-
lement conservé dans la France du
XVIIIe siècle. La chasse était encore un
privilège réservé à la noblesse. Pour
elle, c'était un plaisir d'autant plus
estimé qu'il constituait un privilège et
qu'il est toujours agréable de pouvoir
exciter l'envie des autres. Pour les
classes inférieures, c'était un plaisir
d'autant plus recherché qu'il était plus
interdit, d'autant plus prisé qu'était
plus grande la difficulté de se le procurer. Aussi d'une part le désir de tuer
le gibier, de l'autre celui de le conserver,
ont-ils été dans l'ancienne France entre

le peuple et la noblesse, et dans la noblesse même, une source sans cesse renaissante de querelles, de conflits et d'inimitiés.

Or, vers la fin du XVIIIe siècle, il y avait quelques seigneurs, fort amis, qui, dans un même coin de Champagne, chassaient de compagnie et fraternisaient en Saint-Hubert (1).

Ces seigneurs, c'était à Saint-Remy-en-Bouzemont, M. du Hamel ; à Nuisement-aux-Bois, M. Marchand de Christon, et enfin à Arrigny, M. Deu de Marson, le père de Geneviève de Marson

(1) J'extrais de Gourdon de Genouillac, l'*Eglise et la chasse*, Paris, 1886, p. 19, une description des messes de Saint-Hubert en ces temps de mœurs féodales : « Autrefois, dans les campagnes, ...à la chapelle du vieux manoir ou au fin fond des forêts, sur l'autel en ruine élevé par la piété d'un pèlerin ou d'un chasseur en péril à Saint-Hubert ou à Notre-Dame des Bois, un clerc, lisant un missel enfumé, dépêchait la messe du bienheureux patron ; autour se pressaient les veneurs debout et découverts, la trompe au col, le couteau de chasse à la ceinture ; les valets de limier tenant des limiers à la botte ; les piqueurs contenant sous le fouet la docile impatience des chiens courants. A la consécration, les trompes faisaient entendre la Saint-Hubert. A ce bruit tant aimé les chevaux hennissaient, les chiens se récriaient. Cependant, le clerc bénissait le pain des veneurs qui devait préserver les chiens de la rage ; puis quand la dernière prière s'envolait des lèvres, les veneurs étaient en selle et la chasse partait. »

et l'oncle de M. Deu de Montigny (1).

Il ne sera peut-être pas inutile de faire connaître un peu ces veneurs champenois. « Etienne, comte du Hamel. chevalier, seigneur de Saint-Remi-en-Bouzemont, la Chaussée et Marne-la-Maison, principal seigneur de Mutigny-la-Chaussée, Fagnières. Isson et Saint-Genest, chevalier de l'ordre royal et militaire de Saint-Louis, ancien capitaine au Régiment Royal des Carabiniers ». n'était pas un mince personnage. La famille du Hamel n'était pas sans quelque illustration. Elle avait produit un gouverneur des ville et château de Saint-Dizier qui sous Louis XIII y avait soutenu un siège et elle devait. paraît-il. fournir un général aux armées de la

(1) Ces seigneurs sont ainsi désignés dans Louis de la Roque et E. de Barthélemy, *Catalogue des gentilshommes de Champagne qui ont pris part ou envoyé leur procuration aux assemblées de la noblesse pour l'élection des députés aux Etats généraux de 1789,* Paris. 1863 : Bailliage de Vitry (p. 52) : Nicolas-Henri Bourlon, seigneur d'Arrigny en partie ; — (p. 54) Esprit-Louis de Marson, écuyer. seigneur d'Arrigny en partie, demeurant au château de Perthes-en-Hurlus ; — (p. 59) François-Louis Marchand de Christon, chevalier, seigneur de Nuisement-aux-Bois ;— (p. 61) Charlotte-Félicité-Guillaume de Saint-Eulien. veuve d'Etienne, comte Duhamel, dame en partie de Saint-Remy-en-Bouzemont, Isson et Saint-Genest.

première République, Jacques. vicomte Duhamel (1), le fils, sans doute, du chasseur dont nous allons produire quelques lettres. Cet officier de carabiniers retiré du service avait, un beau jour, remué tout le pays ; il avait obtenu des lettres à terrier par lesquelles il supprimait, malgré l'esprit de la coutume de Vitry, le franc-alleu sur ses terres et un énorme arrêt du Parlement en date du 16 mai 1781, par lequel il réclamait à ses vassaux cinquante ans d'arrérages de droits féodaux. Les habitants de Saint-Remy se plaignirent dans une très longue pétition au Roi majestueusement écrite, où ils exposaient toutes leurs doléances :

Sire,

Les motifs les plus graves, l'intérêt le plus pressant et le danger imminent de la ruine inévitable de plus de quatre cents familles amènent aux pieds du trône tous les habitants et communautés de Saint-Remy et d'Isson, généralité de Chaalons, élection de Vitry, ainsi que tous les propriétaires au finage de Saint-Remy, au nombre de plus de 50 pour supplier Votre Majesté

(1) J'emprunte ce renseignement à Chalette, *Précis de la statistique générale de la Marne*, Châlons, 1845, p. 521.

qu'il soit sursis à l'exécution d'un arrêt du
Parlement de Paris, rendu par forclusion
au profit du sr Duhamel, seigneur de Saint-
Remy, le 16 mai 1781, signiffié le 17 avril
dernier...

« Que Votre Majesté daigne vérifier les
circonstances dans lesquelles l'arrêt qui
excite tant de réclamations a été rendu et
peser les dispositions iniques de cet arrêt,
certainement votre sagesse ne pourra pas
se refuser à l'anéantir : mais dans le moment actuel les considérations les plus
effrayantes sollicitent les plus pressants
secours de votre autorité supérieure.

Si l'arrêt du 16 mai 1781 pouvait être
exécuté, ou plutôt si votre justice bienfai-
sante n'en empêche pas l'exécution, une
portion notable de vos sujets de la province de Champagne, les deux communautés d'habitants de Saint-Remy et d'Isson, le Collège de Vitry, l'Hôpital de cette
ville, les fabriques de Saint-Remy et de
Saint-Genest et tous les malheureux propriétaires d'héritages à Saint-Remy devien-
dront bientôt les victimes des poursuites
les plus rigoureuses qui entraîneront iné-
vitablement leur ruine. »

« Daignez, sire, fixer un instant les con-
séquences affreuses qui résulteront de l'exécution de cet arrêt et les motifs infiniment pressants de l'empêcher. »

La mort surprit M. du Hamel avant la
fin de ce procès considérable et, malgré
un nouvel arrêt rendu en 1786 par le

Parlement de Paris en faveur de sa veuve, il reste très probable que les graves événements qui se préparaient arrêtèrent l'exécution de cette seconde sentence (1).

A Nuisement-aux-Bois était, comme nous l'avons dit, M. Marchand de Christon. La famille de Christon était assez ancienne. En 1701 un Louis de Christon était mort dans la guerre du Milanais (2).

Enfin M. Deu de Marson était un « ancien mousquetaire du Roy ». Il appartenait à une famille toute militaire

(1) L'*Inventaire sommaire des Archives départementales de la Marne*, Châlons, 1892, p. 285, mentionne ainsi les pièces relatives à cette affaire : « E. 243 : 1685-1786 : Arrêt du parlement qui condamnait les propriétaires d'immeubles domiciliés à Isson et à Saint-Remy à payer les cens et droits seigneuriaux au sieur du Hamel, seigneur desdits lieux (1766-1781). — Requêtes des communautés de Saint-Remy et d'Isson au Roi à l'effet d'obtenir surséance à l'exécution de l'arrêt du Parlement en date du 16 mai 1781 » — On trouvera de nombreuses pièces sur les propriétés et les droits seigneuriaux de M. du Hamel dans les Arch. comm. de Vitry, II72 à II74.

(2) « 1703) 20 décembre. — Inhumation de Charlotte-Elisabeth Le-Foin, veuve de Louis de Christon, tué, il y a deux ans et quelques jours dans la guerre du Milanais. Elle a laissé trois fils fort jeunes, *Louis, François* et *Edme*. (Actes de baptêmes, mariages et décès de la baronie de Piney, dans *Revue de Champagne et de Brie*, avril-mai 1892, p. 259).

où l'on comptait jusqu'à onze officiers et cinq chevaliers de Saint-Louis. Il n'était seigneur d'Arrigny qu'en partie ; l'autre partie de la seigneurie appartenait à la famille Bourlon. Il habita vers 1789 le château de Perthes en Hurlus, et c'est là qu'il habitait au moment de la convocation des Etats Généraux.

Ces trois gentilshommes étaient en fort bonne situation pour la chasse : à l'ardeur cynégétique de M. du Hamel s'offraient les bois de Saint-Remy et de Bussy, des Landes et de la Guêpière ; à M. de Marson, le bois de l'Argentole et enfin Nuisement se trouve à l'orée de cette splendide forêt du Der, un de ces grands massifs de verdure où jadis ont dû s'ébattre et se battre le bison, l'ours et l'aurochs (1), un de ces coins de

(1) Consulter l'intéressant travail du baron de Noirmont, *Vieilles chasses et animaux disparus*, dans la *Revue des sciences naturelles appliquées*, nᵒ 14, 20 juillet 1893. Cette étude donne sur l'aurochs de curieux détails Dans un traité de chasse imprimé en 1719 à Leipzig, sous ce titre le *Parfait chasseur allemand*. (*Der Volkommene deutsche Jager*), Hanns Friedrich von Fleming, expose comment, par suite du défrichement des immenses forêts de la Germanie, les aurochs se sont retirés dans les forêts du septentrion, Lithuanie, Russie, Prusse. Il ajoute que les grands seigneurs allemands

France qui peuvent encore nous donner quelque vague idée de la Gaule des Druides.

Dans ces châteaux, si éloignés de la vie de Versailles et des plaisirs de la cour, la chasse, c'était encore plus qu'ailleurs le grand plaisir, la vraie distraction (1). Parfois des invités de haute marque venaient jusque dans ces résidences écartées partager les joies de l'intimité comme aussi les bonnes courses à travers les sentes forestières.

C'est ainsi que le chevalier de la Porte passait quelques heureux moments à Arrigny et que étant à Vauchamp, près de

prenaient plaisir à les faire paraître dans ces combats d'animaux, *Kampfjagen*, que la noblesse teutonne encouragea jusqu'à la fin du XVIIIe siècle. Le docteur Robert Townson vit encore en 1793 à Vienne un aurochs privé, servant à des combats d'animaux, qui avait été pris très jeune en Hongrie (*Voyage en Hongrie*, etc., trad. française, t. II). Dans le *Dictionnaire des sciences naturelles* publié à Paris en 1803, un ancien collaborateur de Buffon, Sonnini, dit que les aurochs ont péri en Hongrie *pendant les dernières guerres*.

(1) La vie paraît assez large dans ces châteaux de Champagne. Il n'en était pas partout ainsi. Cf. un intéressant travail de M. Ernest Roussel, *La Noblesse de campagne dans le Blésois au XVIIIe siècle*, dans les *Mém. de la Soc. des Sc. et Lettres de Loir-et-Cher*, t. XI. (2e partie), Blois, 1886-87, p. 244-258.

Montmirail-en-Brie, il écrivait à M. de Marson le 2 décembre 1782 : «...Venez toujours ici ; l'on vous y attend avec empressement ; tâchez d'y rester quelques jours, afin qu'on puisse vous y faire chasser de manière à vous y amuser. J'ai fait de jolies chasses pendant le tems que j'y ai resté ; je suis fâché de m'en aller sitôt...»

Le marquis de Coigny (1), colonel du régiment Colonel Dragons qui était venu en garnison à Vitry le 26 mars 1780 (2), — et le parent de cette jeune fille qu'André Chénier a immortalisée dans

(1) « François-Marie-Casimir de Franquetot, marquis de Coigny, né le 2 septembre 1756, mestre de camp du régiment Colonel-général (dragons), premier écuyer du roi en survivance de son père en 1783, maréchal de camp en 1788, lieutenant général en 1814, mort avant son père le 22 janvier 1816. » (Les PP. Anselme, Ange et Simplicien, *Histoire générale et chronologique de la maison royale de France, des pairs*, etc., t. IX, 2e partie (par Pol Potier de Courcy), Paris, Didot, 1882, p. 339).

(2) « Le régiment Colonel Dragons est arrivé en garnison le 26 mars 1780. On fait visite au nom de la ville et l'on présente 24 bouteilles de vin d'honneur au chevalier de Coigny, brigadier des armées du roi, colonel et inspecteur du régiment Colonel Dragons en garnison en cette ville, venu pour installer le marquis de Coigny son neveu, dans ses dites qualités et en son lieu et place. On présente à ce dernier 24 bouteilles de vin d'honneur. » (Reg. Valentin).

la *Jeune Captive* (1),—venait s'ébattre à Arrigny. Je n'en veux pour témoin que cet aimable billet du marquis :

Ce que c'est que la vie, comme on fait peu ses volontés, je vous ai quitté dans la ferme résolution d'aller dîner un jour avec vous, j'ai vécu dans cet espoir depuis ce moment, étant toujours empêché par une maudite comédie que nous avons joué (2) ;

(1) André de Chénier, pour le dire en passant, est venu lui aussi bien souvent en Champagne. Au collège de Navarre. André s'était lié plus particulièrement avec les jeunes de Pange. Admis dans cette famille, il s'établit entre les enfants une grande intimité. Plusieurs fois André fut emmené en Champagne, pour y passer quelques jours de vacances, dans la terre de Mareuil-sur-Ay. Ce domaine était un bien propre à M. de Pange, le père. Il y avait non loin de là une autre terre qui appartenait en propre à Madame de Pange, la mère, née d'Espinoy, et où les enfants et **André de Chénier** allaient quelquefois, mais plus rarement qu'à Mareuil, c'était la terre de **Songy**. Cf. *Œuvres poétiques d'André de Chénier*, avec une notice et des notes par Gabriel de Chénier, Paris, Lemerre, 1874, t. 1. p. VII et t. III, dans les notes herméneutiques de la XVIe élégie. André Chénier fait allusion à ses excursions en Champagne dans cette élégie XVIe, lorsqu'il parle de ces lieux

 ....où la Marne, lente en un long cercle d'îles,
 Ombrage de bosquets l'herbe et les prés fertiles.

Les archives départementales de la Marne contiennent quelques papiers de la famille de Pange. Voy. Pélicier. *Inventaire-sommaire*, t. II, p. 351-352.

(2) Cf. un livre fort intéressant de Victor du Bled, *La Comédie de société au XVIIIe siècle*

quand j'espère pouvoir estre libre, je reçois
des lettres de Paris qui m'obligent de par-
tir sur le champ. Tranquillisez-vous. Ce
n'est point pour aller en Amérique ; ce
n'est que pour des affaires de famille : ce
qui ne fait que m'en impatienter davantage.
Au reste ce qui est perdu pour cette année
ne le sera pas pour l'autre. Je suis trop
sensible et trop reconnaissant de la manière
dont on m'a traité à Arigny pour jamais
l'oublier et quelque éloigné que soit le régiment de Vitry, je serai toujours empressé
de vous rappeler de vive voix ma façon de
penser. Parlez de moi, je vous prie, à la
mère, dites-lui comme j'ai été affligé de ne
pouvoir plus l'aller voir. Dites à la petite
mère Marson que malgré toutes ces mé-
chancetés, je ne lui suis pas moins attaché,
que je lui pardonne tout à condition cependant qu'ele ne sera plus méchante, enfin
rappelez moi au souvenir de toute la mai-
són, même de [notre petit bonhomme] et
mandez-moi comme il va et s'il faut s'oc-
cuper de le placer. Soyez bien certain que
je n'oublierai pas vos petites notes, ny
celles de madame d'Arigni. Adieu, ne doutez

(Calmann-Lévy) Les gens de la haute société
d'alors avaient une vraie passion pour le théâtre
et la comédie de salon. Les princes et les prin-
cesses du sang, les maîtresses du roi, Marie-
Antoinette elle-même adoraient jouer la comédie.
Les héritiers des plus grands noms de France,
devant ces illustres exemples, se faisaient gloire
d'être applaudis à la scène, et les fournisseurs
des théâtres de société étaient mieux traités que
les plus grands écrivains d'alors.

jamais de mon tendre et sincère attachement.

Marquis de COIGNY.

Bien des compliments à Messieurs d'Arigny.

A Cirey, ce samedy soir.

A côté du chasseur, il y a le chien.
Toussenel. dans son aimable livre de
l'Esprit des Bêtes a un mot bien joli sur
le chien : « Au commencement Dieu
créa l'homme, et, le voyant si faible, il
lui donna le chien... » S'il en était ainsi,
ce serait en France que l'homme aurait
été le mieux soutenu dans sa faiblesse.
Notre pays, à la fois la patrie des illustres héros et des grands veneurs , a
été aussi jadis la patrie des races cani-
nes nobles. généreuses, incomparables
pour la beauté des voix, fines d'odo-
rat, disciplinées, persévérantes. pleines
de fougue et d'enthousiasme. Il y a bien
longtemps qu'un poète antique. Gratius
Faliscus, a dit dans un hexamètre pom-
peux quelles brillantes qualités distin-
guaient les chiens des Gaules :

Magna diversos extollit gloria Cellos.

Une série de lettres va nous donner
quelques détails pris sur le vif, encore

que bien incomplets sur le souci
qu'avaient nos chasseurs de ces bons
amis de chasse, si humbles dans le succès
et si gais dans le revers, qui étaient à la
fois les compagnons de leurs peines et
les instruments de leur gloire sur les
bords de la Marne et de la Blaise (1).

St-Remy, le 1er aoust 1780.

Il y a un sanglier de remis, mon cher
roué ; si vous voulez ce soir venir coucher
icy avec vos chiens, nous le chasserons
demain. M. de Montaigle (?) et d'autres se

(1) Les chasseurs de l'ancienne France ne
négligeaient rien pour la santé de leurs chiens.
On trouve encore dans Gourdon de Genouillac,
L'Eglise et la chasse, une description très
imagée de la fameuse *Messe des chiens* qui se
célébrait, avant la Révolution, à Chantilly :

« A la Saint-Hubert, la chapelle de Chantilly
était parée comme aux grands jours de fête :
des fleurs jonchaient le chenil composé d'une
aile entière de la seconde cour circulaire du
château.

Le plus vieux gentilhomme, monté sur le plus
vieux cheval, suivi du plus vieux chien, accom-
pagné du plus vieux piqueur, ouvrait la marche
des chiens qui se rendaient solennellement à la
messe.

Ce jour-là le peigne, la brosse, l'éponge don-
naient au poil tout le lustre voulu : les queues
et les oreilles se soumettaient à l'étiquette ; les
remontrances et l'eau de savon venaient à bout
des plus récalcitrants.

trouveront à cette partie. Mes chiennes sont des flaises et les chiens sont sur les dents ; j'ai donc recour à vous, mon cher Marson, et à votre meute, qui estes frais pour nous procurer quelques plaisirs ; nous sommes tous si caduques que, tel secousses que l'on nous donne avec la chaleure qu'il fait, nous tirons la langue et râlons ;

Introduits par ordre de races au centre de la chapelle, on les rangeait de front, d'après l'âge ou le mérite, devant le tableau de Saint-Hubert exposé sur l'autel. L'aumônier commençait l'office, et rien n'était omis dans la liturgie spéciale ; puis il montait en chaire, y prononçait le panégyrique du patron des chasseurs et des chiens, recommandait surtout d'épargner les petits oiseaux, les bêtes inoffensives, et racontait la fin tragique des chiens qui, d'un coup de dent, avaient détruit la couvée bénie de Dieu et les oiseaux utiles aux laboureurs ; il recommandait tout particulièrement le roitelet, la mésange, les becs-fins, l'alouette, l'hirondelle et les petits passereaux qui voltigent dans les buissons et les blés et vivent sous le chaume du métayer dont ils sont la bénédiction.

Tous les chiens devaient écouter en silence. Malheur au pointer qui eût baillé à l'exorde ! Malheur au lévrier qui eût dormi sur ses pattes au second point, et qui se fut permis quelque grattement incivil à la péroraison,

Le son du cor annonçait la fin de l'office, et alors chacun pouvait donner essor à ses instincts ; les aboiements prolongés et les bonds fabuleux témoignaient de la joie générale.

Cette curieuse cérémonie que nous trouvons dans les mémoires du temps de Condé avait pour but d'éloigner des chiens la gale, le mal d'oreilles, les crevasses, les morsures de serpents, les piqûres des plantes vénéneuses, la blessure des sangliers, et surtout la rage et les accidents de chasse. »

nous vous embrassons et humillions nos têtes devant les dames.

LE PATRIARCHE.

*A Monsieur, Monsieur Deu de Marson,
au château, à Arrigny.*

St Remi, 10 février 1782.

La chienne que vous avez eu la bonté, mon cher voisin, de me faire tenir chez vous se trouvant n'être pas pleine, vous m'obligeriez beaucoup si vous pouviez me réserver deux jeunes chiens de la lice que vous avez qui doit mettre bas incessament, à ce qu'on m'a dit. Si par hazard vous en gardiez pour vous et que la bête ne pût pas les nourrir tous, je pourrais trouver une nourrice pour ceux que je vous demande.

Voulez-vous bien faire agréer mes hommages à Madame de Marson et recevoir l'assurance du sincère attachement avec lequel j'ai l'honneur d'être, mon cher voisin, votre très humble et très obéissant serviteur,

DU HAMEL.

Ces dames vous prient, ainsi que Mme de Marson et M. d'Arigni, de recevoir leurs compliments. Nous avons tué hier un sanglier qui nous a causé bien des maux.

J'avais parfaitement bien compris, Monsieur, le sens de votre lettre, ainsi que votre intention de ne pas pas vous défaire de vos chiens. Si je n'accepte pas la proposition de les garder ici l'été, ce n'est qu'à cause des désagréments qui pourroit en résulter ici pour moi : un chien peut mourir, se perdre, être tué à la chasse et tant d'autres accidens. Cela feroit tenir des propos soit sur mes gens, soit sur moi et je veux éviter jusqu'à l'ombre du soupçon; je suis très persuadé que vous me rendriez toutte la justice que je mérite, mais moi-même je me reprocherois la perte que je serois dans le cas de vous occasionner. Je suis loin de soupçonner aucune vue intéressée de votre part, relativement à la nourriture ; je suis même fâché que vous insistiez là-dessus. parce qu'il sembleroit que vous doutiez de ma façon de penser sur votre compte. Il est vrai que si j'avois été dans le cas de prendre vos chiens et de m'en servir, ma délicatesse n'auroit jamais consenti à ce que vous contribuassiez pour rien dans les frais; mais par les motifs que je vous dis, je ne saurois consentir à les accepter, à moins que je ne vous en remette le prix. Je n'ai pas besoin de chien en ce moment. Non compris deux fort bons màtins, j'en ai huit actuellement, tous excellens et chassant toutes sortes de gibiers pendant six à sept heures pour ainsi dire sans deffaut. Le Cte de Clermont, à Avranville, mon ami, m'en a fait élever quatre chez lui qui commencent à entrer en chasse et qu'il m'assure que je peux en toute sûreté envoyer chercher à la fin d'aoust. Je vous dirai d'ailleurs que, si je prenois vos chiens, le tems qu'il passeroit ici, ne serviroit peut-être à rien pour les mettre sur le gros gibier, parce que, comme je suis ennemi de la destruction, je ne veux absolument d'ici à l'automne chasser que lièvres, renards et loups. Les gardes avoient remis hier un gros sanglier dans Feuillot (?) ; on l'a remis ce matin dans la Lurande(?) vis-à-vis le château; je n'ai pas voulu le chasser et pour éviter toute tentation, j'ai envoyé promener les chiens aux Enchères. Comme cependant vous seriez bien aise de remettre vos chiens sur le gros, je vous offre, lorsque j'irai à la forêt de Montmorenci (ce qui n'aura lieu qu'après que les laies (1) auront mis bas) d'emmener vos chiens avec les miens, à condition que vous les feriez accompagner d'un homme à vous. Je vous assure que deux ou trois chasses comme celles que j'y ai toujours faittes jusqu'à présent, seront suffisantes pour les bien remettre. Enfin, si je puis vous obliger

(1) Cf. le très amusant travail de M. Dufour-Bouquot, *Récits d'une bête noire. — Histoire d'une laie*, dans les *Mémoires de la Société académique de l'Aube*, t. 53 (1889), p. 61.

de quelque manière que ce soit, vous m'y
trouverez toujours disposé et avec grand
plaisir.

Ma santé est toujours foible ; j'ai encore
eu aujourd'hui un fort resentiment. Nous
avons ici du monde pour quelques jours.
Sans quoi j'aurais été causer avec vous un
de ces matins. Si je vas bien, je tâcherai de
faire une pointe de galop jusqu'à Larzicourt.

Je vous prie de faire agréer à Mme de
Marson mes hommages et les complimens
de ces dames qui sont bien sensibles à
votre souvenir. J'ai l'honneur d'être, Monsieur, votre très humble et très obéissant
serviteur,

DU HAMEL.

A Monsieur, Monsieur de Marson,
à Larzicourt.

Puisque vous avez envie, Monsieur, de
vous défaire de vos chiens, je consens à les
prendre, mais je ne voudrais pas être dans
le cas de vous les rendre, après les avoir
gardé cinq ou six mois. Cela peut entraî-
ner à bien des inconvéniens dont je ne me
soucie pas. Voici ce que je désirerois de
préférence. Envoyez moi vos chiens et
marquez-moi le prix que vous en désirez
avoir, parce que je ne veux pas le fixer

moi-même ; je les ferai soigner et, lorsqu'ils seront en état, je les ferai chasser
avec les miens. Après cet essai, s'ils me
conviennent, je vous en enverrai le prix
ou vous les ferai ramener en bon état.

Si vous êtes dans le cas de rester dans
ces cantons et d'en avoir besoin, vous en
aurez des jeunes tant que vous voudrez et,
en attendant qu'ils soient en chasse, les
miens seront à votre service. Je souhaitte
que cet arrangement puisse faire le vôtre.
J'ai eu cinq ou six vigoureux accès de fiè-
vre qui m'ont mis bien bas. J'ai été purgé
aujourd'hui et j'espère que cela n'aura pas
de suitte.

Voulez-vous bien recevoir les compliments de ces dames pour vous et Mme de
Marson à laquelle je présente mes hommages. J'ai l'honneur d'être, Monsieur, votre
très humble et très obéissant serviteur,

DU HAMEL.

St-Remi, 21 avril 1783.

*A Monsieur, Monsieur de Marson,
à Arrigny.*

St-Remi, 4 janvier 1783.

Ménissier m'a rendu compte, Monsieur,
de l'offre obligeante que vous voulez bien

me faire de m'envoyer votre chienne lorsqu'elle sera pleine pour que je puisse en élever le nombre qui me plaira. Je vous prie de recevoir mes sincères remerciements de votre honnêteté que j'accepte avec le plus grand plaisir. Vous pouvez être sûr qu'elle sera bien entre mes mains. Si je pouvois de mon côté vous être bon à quelque chose, je vous prie de disposer de moi. Je serai très flatté de trouver quelque occasion de vous convaincre, Monsieur, du sincère attachement avec lequel j'ai l'honneur d'être votre très humble et très obéissant serviteur,

DU HAMEL.

Ces dames me chargent de vous faire agréer leurs compliments ainsi qu'à Mme de Marson à laquelle je présente mes respectueux hommages.

Je pars samedi pour Paris; si vous aviez quelque commission pour cette ville, je m'en chargerai.

A Monsieur, Monsieur de Marson,
à Larzicourt.

Je rejette en note cette lettre qui intéresse Chapelaine : (1)

(1) Je me charge avec grand plaisir, Monsieur, de faire remettre à Mme votre sœur les 5 lapins que vous m'envoyez aussitôt mon arrivée et j'aurai sûrement l'honneur d'aller la voir dès que je le pourrai.

Ces chasseurs étaient si emportés et
ils avaient des chiens si ardents qu'il
leur était difficile de rester strictement
sur leurs terres ou tout au moins sur les

Ces dames, infiniment sensibles au souvenir de Mme de Marson, lui font mille
complimens. La toile en grain d'orge pour
linge de table a été faitte par un nommé
Bergaut, tisserand à Chapelaine (1) près
Sompsois. C'est Mme du Grés qui, ordinai-
rement, se charge pour nous de la faire
faire, ainsi que pour la marquise des
Réaux. Voilà ce que nous pouvons vous
dire à cet égard. Si vous n'êtes pas pressé.
je pourrai à mon retour à la fin de février,
vous donner les moyens pour faire faire la
toile à cet homme. L'éloignement où vous
êtes ne vous donnant pas la facilité de lui
faire passer votre fil ni de vous expliquer
avec lui.

J'ai l'honneur d'être, Monsieur, votre très
humble et très obéissant serviteur,

DU HAMEL.

St-Remi 10 janvier.

A Monsieur. Monsieur de Marson,
à L'Arzicourt.

(1) Sur Chapelaine, cf. l'abbé A. Millard, *His-*
toire de Chapelaine-sous-Margerie, Châlons-
sur-Marne, 1885.

Les du Gretz étaient propriétaires de Somsois
au XVIIIe siècle. Cf. l'abbé A. Millard, *Histoire*
de Somsois.

terres de leurs fiefs. La raison et le droit n'étaient pas ce qui réglait leurs courses.

Des champs et des travaux des paysans, soit sur leurs propres domaines, soit sur ceux d'autrui, ils devaient se soucier assez peu. Ce monde du XVIIIe siècle, charmant, élégant, léger, joyeux, vêtu de soies fleuries, était dur aux pauvres gens pour assurer ses amusements malgré sa factice sensiblerie. Sans vouloir rééditer ici les lieux communs dont on a abusé sur les droits seigneuriaux, je crois qu'on doit admettre ici que telle était l'habitude générale de la noblesse, son péché favori, qu'elle commettait avec l'appui des magistrats, et malgré les scrupules que cherchaient à éveiller en elle les directeurs de conscience. (1)

(1) Si ces seigneurs n'étaient pas doués de toutes les vertus, il est bien probable que leurs vassaux n'en étaient pas eux-mêmes pourvus, et voici comment les procès-verbaux d'une visite épiscopale de Mgr de Saulx-Tavannes dans le doyenné de Perthes, les notaient au commencement du XVIIIe siècle :

LARZICOURT : S., le duc de Luxembourg ; communions : 400 ; une trentaine s'abstiennent, école, libertinage ; empiétements. Les parents font coucher les enfants avec eux.

ARRIGNY : S., M. du Hautchamp, M. de Saint-Privé, y résidant, communions : 100 ; cinq abstentions, école. Abus du cabaret ; jurements ; vols dans les champs, négligence du catéchisme.

NUISEMENT : S., M. Guillaume de Christon, y

Dans un *Abrégé du Dictionnaire des cas de conscience de M. Pontas*, par M. Collet, prêtre de la Mission et docteur en théologie (Paris, 1764, t. I, p. 235) se trouve ce cas de conscience :

« Cas VI. *Fernand* demande s'il lui est licite d'aller tous les jours à la chasse, en quelque saison que ce soit ?

R. L'exercice des plaisirs, même légitimes, est un mal. Mais Fernand en fait un autre encore plus grand, s'il chasse sur les terres ensemencées, depuis que le bled commence à être en tuyau, jusqu'à ce que la moisson soit faite ; et dans les vignes, depuis qu'elles commencent d'être en bourgeon, jusqu'à ce que la vendange soit faite. La raison est qu'il ne le peut faire, sans causer un grand dommage à ceux à qui les terres ensemencées ou les vignes appartiennent, et sans être étroitement obligé à

demeure ; communions : 80 ; école. Reliquaire des saints Maurice, Lumier et Lothaire, en deux figures de bois peint et une châsse. Chapelle Saint-Fiacre, au finage dit Ponthion, à l'abbaye de Haute-Fontaine, en mauvais état ; lieu de pèlerinage très fréquenté : « occasion de libertinage ».

(Edouard de Barthélemy, *Visite des doyennés du diocèse de Châlons-sur-Marne*, Paris, Menu, 1882, p. 18 et suiv.)

les dédommager du tort qu'il leur causeroit. Aussi la chasse est-elle prohibée en ce temps par nos Rois, et les Arrêts y sont conformes. »

Malgré les prohibitions royales et la conformité des arrêts, la noblesse champenoise partageait ces désirs du *Fernand* du théologien. Aussi le Tiers-Etat de Champagne protesta-t-il unanimement et avec vigueur dans les cahiers de 1789 contre les abus qui provenaient de la chasse. « Nous demandons une loi sévère, — disait le baillage de Sainte-Menehould, — et qui ne puisse être éludée contre les chasseurs qui dévastent nos empouilles, méprisent le pauvre jusque dans sa propriété ; et nous jetons un cri d'indignation contre le règlement du 15 mai 1779 dont les formalités impossibles rendent nuls les efforts du cultivateur pour échapper aux dégâts que lui occasionnent le gibier et surtout les lapins (1) ». Et le cahier du bailliage de Vitry était sur ce point plus explicite et plus formel

(1) Cahier des plaintes, doléances et remontrances de toutes les villes, bourgs, villages et communautés du bailliage, royal et ressort de Ste-Menehould, 1789, publié par M. Hérelle, *Mém. de la Soc. des Sciences et Arts de V.-le-F.*, t. IX, p. 338.

encore (1).

Aussi, sans égard pour les droits du duc de Montmorency à qui appartenait Larzicourt en tant que baronie-membre du duché de Montmorency(2), M. Deu de Marson molestait les paysans de Larzicourt au nom desquels protestait dans la lettre suivante un certain Regnauldot, un homme d'affaires, assurément, du duc de Montmorency :

Larzicourt, ce 30 octobre 1768.

Monsieur,

Personne n'ignore ici les manœuvres de M. de Marson ; tout le monde sçait qu'il a enchéri d'un louis d'or sur le marché de Briquet et de Dubois et qu'il est fermier de la glandée de Mad° l'abesse de St-Jacques. St-Jean, son intendant, qui était hiere ici, l'a dit à quiconque a voulu l'entendre ; il doit cependant sçavoir que cette qualité de

(1) Cahier de l'ordre du tiers-état du bailliage principal de Vitry, 1789, p. p. Ch. M. Detorcy-de Torcy, *Recherches chron., hist. et polit. sur la Champagne*, Troyes, 1832, p. 480.

(2) Chalette, *Statistique de la Marne*, Châlons 1845, p. 540. Le fief de Nuisement relevait de Larzicourt pour la justice (Chalette, p. 518.)

marchand de gland peu honorable pour luy ne l'assimile point au seigneur de Larzicourt et ne luy donne pas le droit de donner des ordres à ses gardes, non plus que de faire venir un garde de la maîtrise pour faire des procès à tous ces peauvres malheureux de Larzicourt qui vont ramasser du gland dans leurs usages (1), et cela parce qu'ils ne veuillent point prendre d'arrengement avec luy pour ramasser ceux des bois de Mad° l'abesse. S'il n'a point d'autres griefs à leur opposer, il a grand tort, car sa conduitte peut leur être préjudiciable ; il aurait dû avoir pour eux plus d'égards et se souvenir qu'ils ne se sont point plaint des incursions continuelles qu'il a fait avec ses chiens tant dans leurs prez non fauchés que dans leurs emblaves ; ils auroient cependant bien eu droit de le faire.

J'aurois désiré, Monsieur, que vous missiez un frein à son ardeur et qu'ayant la connaissance que vous avez des différentes ordonnances concernant les eaux et forêts, vous luy apprissiez qu'il ne peut vendre les glands qu'il a acheté pour être ramassé et que s'il veut profiter de son marché, il faut qu'il fasse mettre des porcs dans le bois après un procès-verbal préalablement dressé de la quantité de porcs que la glandée pourra contenir, sinon que, sans avoir

(1) Usage, s. m. Terrain communal : « Mener les bestiaux sur l'*usage*. » Comte Jaubert *Glossaire du centre de la France*, Paris, Chaix, 1856, t. II, p. 407.

un zèle outré, nous aurons un procès
ensemble.

Comme vous avez, Monsieur, beaucoup
d'ascendant sur l'esprit de M. de Marson,
je vous prie de luy faire connaître ses
torts et de luy faire sentir que si Monseigneur le duc de Montmorency était informé
de sa conduite, il ne l'approuverait en
aucune manière.

J'ay l'honneur d'être très parfaitement,
Monsieur, votre très humble et très obéissant serviteur,

REGNAULDOT.

*A Monsieur, Monsieur Bourlon,
seigneur d'Arigny, en son château, à
Arigny.*

Agir de la sorte montrait assez peu
d'humanité à l'égard des laboureurs de
Larzicourt ; c'était aussi manquer gra-
vement aux habitudes et à la hiérarchie
féodales.

Sans aucun doute ces chasseurs inlas-
sables portaient dans leurs chasses tout
leur tempérament, toute leur audace
militaire et consacraient à Diane les
restes d'une activité qui ne voulait pas
tomber et d'une passion qui ne voulait
pas s'éteindre. Sans doute ils cédaient
malgré eux à cette imprévoyance, à

cette prodigalité d'humeur, à cette *furie*
dont l'histoire nationale a depuis longtemps fait l'attribution à notre ancienne
noblesse. Sans doute ils étaient entraî-
nés par les aboiements de leurs chiens
qui entendaient les rumeurs des branches et voyaient le fourré s'animer devant eux. Et ils s'en allaient follement,
imprudemment, bien loin de Saint-Remy, de Nuisement-aux-Bois, d'Arrigny,
en plein cœur du duché de Montmorency, jusque dans la forêt de Lentille,
jusqu'aux bords de cet étang de Lahorre
où se mirent les arbres de la forêt tout
en y plongeant leurs racines et leurs
branchages ; mais chasser avec cette
fougue oublieuse des droits d'autrui et
des limites territoriales, c'était contre-
venir formellement à la législation de
l'époque.

« Le droit de chasse, disait un feudiste
notable du temps, Guyot, dans ses *Ins-
titutes féodales*, publiées en 1753, est un
droit domanial et féodal (1). Il appartient

(1) Voy. F. de Launay, *Nouveau traité du
droit de chasse*, Paris, 1681, p 104 : « En
France où la chasse est deffendue, les bestes
sauvages sont considérées comme des fruits des
terres dans lesquelles elles sont nourries. »
Charles Boulen, *Le droit de chasse et la propriété du gibier en France depuis l'origine*

essentiellement au seigneur du fief.
La raison de ce principe est que tout le
terrain qui compose un fief appartient
en propriété utile et en propriété directe
au seigneur du fief ; cela est incontestable ; dès·là le gibier est nourri sur sa
terre ; il est un fruit de sa terre.... »

Ici, il s'agissait d'un seigneur et d'un
fief importants :

Montmorency, autrefois Beaufort,
n'est plus aujourd'hui qu'une petite
commune du canton de Chavanges. Il
avait été successivement la capitale de
la chatellenie, du comté, du duché·pai-
rie de Beaufort, puis du duché-pairie de
Montmorency créé en 1690 par une
ordonnance de Louis XIV en faveur de
François-Henri de Montmorency-Bouteville (1).

A l'époque dont nous parlons, le duché, étant tombé en quenouille, n'était

de la monarchie, Paris, Chevalier-Marescq,
1887, p. XV : « De l'étude du droit de chasse
pris à son origine jusqu'à nos jours, il résulte
qu'en droit féodal le gibier a toujours été consi-
déré comme immeuble par accession et, comme
tel, susceptible d'une véritable propriété.

(1) « François-Henri de Montmorency-Bouteville,
cousin d'Henri II et de Charlotte ayant épousé
la duchesse de Luxembourg et de Piney, sou-
haita de reprendre le titre de duc de Montmo-

plus que duché simple. Il appartenait à
Anne-Léon de Montmorency-Fosseux II,
marquis de Fosseux, puis du chef de sa
femme, duc de Montmorency et de
Piney, premier baron chrétien, comte
de Taneurville et de Trémilly, marquis
de Seigneulay, de Blainville et de Sour-
cy, baron de Jaucourt, maréchal des
camps et armées du roi, gouverneur de
la province de Normandie, chambellan
et connétable héréditaire de cette même
province, capitaine des gardes de Sa
Majesté (1).

rency, et obtint du roi en 1688 ou 1689 l'érection
du duché de Beaufort qu'il venait d'acquérir et
qui était devenu duché simple, parce qu'il avait
changé de famille, en duché-pairie sous le nom
de Montmorency. Pour éviter la confusion
résultant de deux duchés du même nom, Louis
XIV, en 1690, ordonna que désormais la ville de
Montmorency, près Paris, perdrait son nom et
prendrait celui de duché d'Enghien et que Beaufort seul serait appelé désormais Montmorency. Malgré l'ordonnance royale Montmorency
de l'Île de France est resté Montmorency ; seu-
lement tout proche de la ville, s'est formé un
bourg du nom d'Enghien qui croît chaque jour
en importance. Beaufort n'en prit pas moins
le nom de Montmorency, sous lequel seul il est
connu aujourd'hui. » L'abbé Caulin, *Quelques
seigneurs du Vallage et en Champagne propre*, Troyes, Bertrand-Hu, 1867, p. 423.

(1) Cf. l'abbé Caulin, *Quelques seigneurs
au Vallage et en Champagne propre*, Troyes,
1867, p. 426.

Le duc de Montmorency avait la partie belle pour créer quelques ennuis à nos chasseurs ; mais il se considérait sans doute comme trop puissant et trop élevé pour ne pas se montrer d'une indulgence complète pour ces peccadilles et ces récidives de gentilshommes. Les gardes de M. de Montmorency qui devaient porter, comme c'était alors l'habitude, les armoiries du seigneur brodées sur leur baudrier, poursuivaient avec ardeur ces nobles braconniers trop connus d'eux et ne manquaient pas de les signaler à la gruerie du duché (1). Mais le duc pardonnait, et cela avec une grandeur de manières et une courtoisie parfaite.

Paris, ce may 1776.

Monsieur,

M. le duc de Montmorency m'a chargé d'avoir l'honneur de vous mander de sa part en réponse à votre lettre du 8 de ce mois,

(1) On appelait *gruerie* « une sorte de juridiction ou de tribunal pour les délits et dommages faits dans les bois. » On appelait *gruyer* « celui qui jugeait en première instance des

qu'il n'y a ni méprise ni ignorance à reprocher au garde qui a dressé procès-verbal du fait de chasse mentionné dans votre lettre, que ce garde a rempli son devoir en faisant son raport. En effet, Monsieur, j'ai la copie de ce rapport sous les yeux et, comme il est fait par un homme qui a serment en justice, il en doit résulter que, le 27 avril, vous avez chassé dans les forêts de Montmorency depuis 9 à 10 heures du matin jusqu'à deux, avec un équipage de chiens courans, quatre ou cinq hommes armés de fusils, que vos chiens y ont suivi au moins deux chevreuils et y en ont pris un.

Puisque vous êtes chasseur, Monsieur, vous devez convenir qu'il est peu de faits de chasse qui méritent plus l'attention d'un garde et s'il s'étoit passé dans vos bois de la part d'un voisin, vous trouveriez, je crois, fort mauvais que votre garde n'en eût pas dressé procès-verbal.

Vous dites que le chevreuil a été lancé dans votre bois ; je vous crois incapable d'avancer un fait qui ne seroit pas exact et le garde a déclaré que la même chose lui avait été dite par vos gens à l'égard des 2 chevreuils, et c'est tout ce qu'il pouvoit faire ; mais vous me permettrez de vous dire, Monsieur, que c'est à tort que vous prétendez que les lois de la chasse vous

délits commis dans les forêts. » On appelait aussi *seigneur gruyer* « celui qui avait certains droits sur les bois de ses vassaux. » Cf. C. M. Gattel, *Dictionnaire universel de la langue française*, Lyon, 1819, t. I. p. 829.

permettent de suivre votre gibier en terre étrangère. Si vous voulez prendre la peine d'ouvrir le *Code des chasses*, vous y trouverez le contraire établi par les dispositions des coutumes et ordonnances, et le principe incontestable, c'est que le droit de chasse est territorial et par conséquent borné par les limites de chaque fief de haute justice. Il résulteroit une foule d'inconvéniens et de fraudes de la faculté qu'auroit chaque Seigneur particulier de suivre son gibier dans les terres de ses voisins. Cependant je conviens que pour la chasse à la grande bête, l'usage et la courtoisie françoise ont dérogé à la rigueur des ordonnances ; si pour ces sortes de chasses chacun étoit strictement obligé de se renfermer dans les bornes de son fief, le droit deviendroit frustratoire, et personne n'en jouiroit presque, excepté les propriétaires des grandes terres.

C'est ce qui fait que l'on tolère la suite d'une bête qui perce au-delà des bornes de la terre où elle a été attaquée. M. le Duc de Montmorency souscrit volontiers, Monsieur, à cette tolérance en faveur des gentilshommes voisins de ses terres. En conséquence il m'a chargé de donner des ordres de sa part pour qu'on ne suive point le procès-verbal du 27 avril.

Mais comme tout est sujet à abus et qu'il pourroit arriver que vos chasseurs, ne trouvant point de gibier dans votre bois, en allassent chercher dans les siens qui sont limitrophes, M. le Duc vous prie, quand vous voudrez chasser de ce côté, d'avoir la complaisance d'en faire avertir son garde, afin qu'il ne soit point inquiet et qu'il s'assure de l'attaque et qu'il n'y ait point de contestation. J'ai l'honneur d'être bien respectueusement,

Monsieur,

Votre très humble et très obéissant serviteur,

DOUBLET.

A Monsieur, Monsieur de Marson ancien mousquetaire du Roy, au château d'Arrigny, par Vitry-le-François

Paris, ce 26 octobre 1776.

D'après la lettre que j'ay reçue de vous, Monsieur, et à laquelle je m'en rapporte absolument sur le fait de chasse qui en est l'objet et à l'égard duquel mes gardes, en faisant leur devoir, me paraissent avoir rempli les procédés qu'ils savent conformes à mes intentions, je marque à M. de Vienne qui m'en a également rendu compte, que l'on ne donne ultérieurement aucune suite à cette affaire. Je serai toujours charmé de vous prouver les sentiments bien sincères avec lesquels j'ai l'honneur d'être, Monsieur, votre très humble et très obéissant serviteur,

Le duc de MONTMORENCY.

M. Deu de Marson, à Arrigny, par Vitry.

A Montmorency, le 28 décembre 1776.

Je suis fâché, Monsieur, d'être dans le cas de vous dire que vous vous compromettez toujours et que je crains que vous ne nous compromettiez aussi. Lors de la dernière chasse que vous avez faite, il y a eu hier quinze jours, au bois de Bailly (1), le général de Monsieur le duc chassoit pour luy dans ses bois avec les autres gardes du duché ; vous avez tué deux sangliers dans cette chasse et le plus gros des deux a été tué dans la forêt de Montmorency ; le garde général vouloit qu'on fît un rapport, cependant il n'y en a point eu ; mais j'appréhende que cela ne vienne aux oreilles du seigneur, et vous savez que cela feroit un mauvais effet tant pour nous que pour les gardes du Duché, ce qui seroit très désagréable, et la bonne volonté que nous avons pour vous, pourroit nous attirer des reproches auxquels vous auriez donné lieu. Je pense que votre intention n'est pas de nous occasionner des mortiffications ; mais

(1) Près de Bailly-le-Franc (Aube).

cela pourroit très bien arriver. Je vous
diray encore que je suis informé que vous
avez fait faire une tranche dans la forêt
pour voir plus facilement le gibier, lorsqu'il sort du bois de Bailly et pour le cou-
per au court. Cette entreprise seroit de
nature à mécontenter très fort M. le Duc,
s'il le sçavoit, et peut-être en sera-t-il ins-
truit, puisque le garde général l'a vu
luy-même. J'espère que vous ne trouverez
pas mauvois que je vous fasse ces observa-
tions. Elles ne partent que d'un quelqu'un
qui seroit au désespoir que vous eussiez
du désagrément et qui seroit fâché luy-
même d'en avoir par rapport à vous. Tà-
chez donc, je vous prie, de contenir votre
monde quand vous chasserez, de façon
qu'on ne tire point du tout dans la forêt.
Si les gardes étoient dans le cas de faire
un troisième rapport contre vous, vous
pensez bien que Monsieur le Duc ne pren-
droit pas la chose comme aux deux précé-
dens et, s'ils vouloient absolument en faire
un, je ne serois plus le maître de les arrêter. Vous voyez, Monsieur, qu'il y va de
votre intérêt et du nôtre ; ainsy j'espère
que vous ne vous mettrez plus dans ce cas.
Quant à la tranche, qu'en dirons-nous si
M. le Duc en est informé ?

Faites, je vous prie, agréer mon respect
à vos dames et mille gracieux complimens à vos messieurs, avec mille souhaits
heureux de bonne année et de bonne santé
pour toute la maison et pour vous. Je sou-
haite de tout mon cœur un parfait et solide
rétablissement à Madame d'Arrigny et que

l'année 1777 ne la tracasse pas comme les précédentes.

J'ay l'honneur d'être avec un parfait attachement, Monsieur,

Votre très humble et très obéissant serviteur,

JACOBÉ DE VIENNE.

J'ay renvoié à M. de Vienne, Monsieur, le procès-verbal que vous m'avez adressé, afin qu'on réprimande le garde, s'il est dans son tort. Recevés mes remerciements de votre attention et les assurances de tous les sentiments avec lesquels je suis, Monsieur, votre très humble et très obéissant serviteur,

Le duc de MONTMORENCY.

Paris, le 22 septembre 1778.

M. de Marson, ancien Mousquetaire, à Arrigny, par Vitry-le François.

Extrait du Registre du greffe de la gruerie du bailliage et du duché de Montmorency

L'an mil sept cent soixante dix neuf, le vingt cinq janvier, heure de neuf du matin,

est comparu au greffe de cette grurie
Jacques Loré, garde forestier des bois et
forêts du duché de Montmorency, demeurant à Puellemontier (1), lequel a fait
raport que le jour d'hier, faisant sa tour-
née ordinaire, revêtu de sa bandouiller,
il a trouvé le Sr de Marçon, demeurant
à Arigny et le Sr Chreston de Nuisement, demeurant audit Nuisement, lesquels chassoient avec une meute de chiens
et fusils et poursuivoient un chevreuil
qui paroissoit par luy avoir été élevé
dans le bois de Bailly et le poursuivoient
avec leurs chiens dans des bois de Montmorency, parties de Lentille. Lequel chevreuil s'étant dérobé de leurs chiens et
l'ayant perdu de vue, ont pris et recouplé
leurs chiens et étant venu à l'orée de la
forêt de Montmorency, contrée de la Couée
du Rupt où ils ont relâché leurs chiens et
suivy dans la forêt de Montmorency et
chassoient dans la ditte forêt de Montmorency dans laquelle ils ont tué, pris et en-
levé deux chevreuils ; lequel Loré leur a
déclaré qu'il feroit fere raport de cette
prise considérable dans le dict bois de
Montmorency où ils n'ont aucun droit et
que c'étoit par eux manquer à Monseigneur
le duc de Montmorency et à ledict Loré,
signé avec moi, greffier commis. Signé,
Loré et Proquez.

Présenté et affirmé par devant nous,
Antoine.Deschamps, ancien procureur au

(1) Puellemontier, près de Montier-en-Der
(Haute-Marne).

bailliage et gruerie du duché de Montmorency, pour l'absence de Monsieur le Gruyer, juge ordinaire, par ledit Loré, garde y dénommé ; le serment par nous de luy pris et reçu au cas requis et a signé avec nous audit jour vingt cinq janvier mil sept cent soixante dix neuf. Signé, Loré et Deschamps, juge.

Controllé à Chavanges le vingt sept janvier mil sept cent soixante dix neuf par Vauchelet qui a reçu quatorze sols. Signé, Vauchelet.

Expédié par moy, greffier ordinaire au baillage et duché de Montmorency soussigné et délivré ce trois janvier mil sept cent soixante dix neuf.

LEFOL.

Expédition, un sol trois deniers.

M. Deu de Marson s'inscrivit en faux, contre ce procès-verbal.

Monsieur,

Sur un fait de chasse par vous commis le 24 janvier 1779 avec Mr de Nuisement dans la forêt de Montmorency, contrée de de la Couée du Rupt, et dont il a été rendu compte à Monsieur le Duc de Montmorency

par son procureur fiscal, je suis chargé de
sa part de vous dire qu'il consent pour
cette fois que la suite du procès verbal
fait contre vous soit arrêtée, en payant
seullement les frais et douze livres à ses
gardes entre mes mains pour leur être
distribuées et que vous ne vous ingérerez
plus à l'avenir de chasser ny faire chasser
dans ses bois ; il vous fait cette recomman-
dation pour luy éviter la disgrâce de toutes
poursuites contre vous.

J'ay l'honneur d'être avec respect,
Monsieur,
Votre très humble et très obéissant ser-
viteur.

LESEURRE.

Régisseur du duché de Montmorency.

Montmorency, ce 12 juin 1779.

Monsieur,

J'ay en conséquence de votre lettre du
26 juin dernier et avec un grand plaisir
suspendu jusqu'icy les ordres que m'a
donné Monsieur le Duc de Montmorency,
d'exiger une somme de 12 liv. et les frais
d'un rapport de chasse fait contre vous le
25 janvier dernier.

Comme Monsieur le Duc pourroit m'im-
puter de la négligence si cette petite affaire

restoit plus longtemps en souffrance, je
vous prie, n'ayant pas manqué de vous en
expliquer directement avec Monsieur le
Duc, de me faire dire un mot de ce qui s'est
passé entre vous et luy à ce sujet.

Je ne peux vous dissimuler que, dans le
cas où vous ne me feriez pas passer d'autre ordre de Monsieur le Duc que celui
qu'il m'a donné, Monsieur le procureur
fiscal de Montmorency sera forcé de faire
valloir en justice ce rapport.

J'attends de vos nouvelles d'icy au 15
novembre prochain pour vous donner le
tems d'en recevoir de Monsieur le duc. Je
désire qu'elles vous soient autant favora-
bles que je suis flatté de vous assurer que
je suis avec respect,

Monsieur,

Votre très humble et très obéissant serviteur,

LESEURRE.

Régisseur du duché de Montmorency.

Bar-sur-Aube, ce 16 octobre 1779.

Ce 21 janvier 1780.

Je viens de recevoir, mon cher voisin,
une seconde assignation par laquelle ils se
départent de la première ; j'ai envoyé la
première assignation à M. de Bournonville.

mon parent, écuyer de Madame la Duchesse
qui ne doit pas tarder. Je l'ai mis moi
même à la poste de Vitry. Comme je pense
qu'elle sera favorable, j'irai moi même vous
la communiquer. Il sera encore tems de
prendre un parti, si elle n'étoit pas favorable.

Tâchez de vous ménager ; ce sera le
moyen de vous rétablir plus promptement.
J'ai bien de la peine à me tirer d'affaire.
Bien des respects et complimens pour votre
maison.

J'ai l'honneur d'être bien véritablement,
mon cher voisin,

Votre très humble et très obéissant serviteur,

DE NUISEMENT.

*A Monsieur, Monsieur de Marson, au
château d'Arrigny.*

Monsieur le Duc, Monsieur, vient de me
dire qu'il alloit écrire pour arrêter les
poursuittes de l'affaire en question. J'espère que l'incommodité de Monsieur votre
père est légère et n'aura pas de suitte. Je
suis fort aise qu'à la fin cette aventure
désagréable ait une fin satisfaisante. Per-
mettez moy de présenter mes devoirs à
Madame de Nuisement et mes complimens
à Monsieur son fils et soyez persuadé,

Monsieur et cher parent, que rien n'égale la sincérité des sentimens avec lesquels j'ay l'honneur d'être

Votre très humble et très obéissant serviteur,

BOURNONVILLE;

Le 15 mai 1780.

A Monsieur. Monsieur de Nuisement, chez Monsieur son père, au château de Nuisement, par St-Dizier, Champagne.

L'intention de Monsieur le Duc de Montmorency est que qui que [ce] soit ne chasse dans les forêts de son duché et baronnie, que..... nul autre seigneur, gentilhomme et bourgeois n'ait droit d'y aller dans aucun temps de l'année et sous tel prétexte que ce soit, en conséquence Monsieur le Duc me charge d'en prévenir MM. les officiers pour qu'ils aient la complaisance de tenir la main à l'exécution de ces ordres ; au reçu de ma lettre vous instruirez les gardes et vous leur recommanderés à cette égard la vigilance et la justice dans leurs fonctions.

Bar-sur-Aube, ce 30 may 1781.

Ce qui s'est passé ici s'est reproduit partout. Si à cet amour qu'avait pour la

chasse notre vieille aristocratie se
mêlaient quelques abus, et même de
très graves abus, il y avait dans cet en-
traînement perpétuel, dans ce dévelop-
pement audacieux des forces physiques,
de l'excellent. Aujourd'hui nous parlons
beaucoup d'exercices physiques, et de
petites ligues parisiennes s'agitent pour
les remettre en honneur. Les nobles de
l'ancienne France n'en parlaient pas,
mais ils savaient se procurer de solides et vigoureuses distractions.

A travers les papiers jaunis des archives de Châlons, il m'a semblé
apercevoir ces gentilshommes chasseurs
de la vieille France, avec leurs belles et
solides énergies, avec leurs allures où
se trahissaient à la fois la force et la
souplesse, leurs gestes d'une agilité
adroite et précise, leur visage martial
sous lequel coulait un sang riche en fer
et en globules, avec cette belle humeur
d'appétit qui décèle la vie profonde et
bien rythmée, — et qui montaient à
cheval de manière à reproduire la fable
antique du Centaure. Ces privilégiés de
la chasse contre lesquels les déclama-
teurs politiques ont tant crié, —mais ils
étaient les premiers à payer l'impôt du

sang ! Ils ne connaissaient que l'épée, ils
avaient proclamé que sans l'épée il n'y
avait point de noblesse ; dans leurs plaisirs même ils n'oubliaient pas que les
fonctions guerrières avaient été les pre-
mières parmi les fonctions sociales de
la noblesse. Leurs divertissements les
préparaient encore à soutenir digne-
ment ce rôle héréditaire. C'était cette
noblesse du XVIII° siècle, valeureuse et
courtoise, redoutable et séduisante, qui
avait contribué le plus à conserver à la
France cette grande figure qu'elle faisait encore avant la Révolution dans le
monde européen, malgré la décadence
incontestable de sa politique. De ces
gentilshommes condamnés le plus souvent à se retirer dans quelque château
ignoré, — comme étaient ces résidences
de Larzicourt, de Nuisement ou d'Arrigny,— le hasard pouvait faire un d'Elbée
ou un Bonchamp. C'étaient eux qui
avaient façonné ces vieilles armées dont
les dernières victoires, comme on l'a si
bien dit, n'ont pas été Fontenoy, ni
Lawfeld, mais Valmy, mais Jemmapes
même. Et de tels services rendus à la
patrie française, une telle contribution
apportée à la vie et à l'éclat de la nation

peuvent permettre au second ordre de
notre ancien régime, de réclamer de la
part de l'histoire quelque indulgence
pour l'emploi abusif qu'il faisait parfois
du privilège de la chasse (1).

———◆———

(1) Cf. Granier de Cassagnac, *Histoire des
classes nobles et des classes anoblies*, Paris,
Delloye, 1840, et Comte de Zeller, *La noblesse
ancienne et la noblesse d'à présent*, Paris,
Delloye, 1841.

Vitry. — Imp. Vve Tavernier et Fils